KB004899

시집살이

詩집살이

여시고개 지나 사랑재 넘어
심심산골 사는 곡성 할머니들의 시

시집살이
詩집살이

김막동, 김점순, 도귀례, 박점례
안기임, 양양금, 윤금순, 조남순, 최영자

북극곰

곡성의 시인들을 소개합니다

여시골을 지나 사랑재를 넘어 심심산골의 마을, 산골짜기를 따라 울먹울먹 불거지는 물줄기들이 한데 모여 불끈거리는 강이 되는 마을, 전남 곡성군 입면 서봉마을입니다.

십여 년 전 이사 와서 지내다 보니 새벽부터 밤늦도록 지친 몸을 이끌고 마을 어귀로 들어서는 할머니들을 보게 되었습니다. 돌봐주는 이 없이 저녁 늦게까지 고샅을 빙빙 맴돌고 있는 아이들이 있었습니다.

그래서 시작한 작은 도서관. 제가 가장 잘할 수 있는 것이라서 내내 즐거웠습니다.

어느 날 도서관에서 몇몇 할머니들의 도움을 받아 책을 정리하는데 책이 거꾸로 꽂혔다고 했더니 엉뚱한 책을 빼냈습니다. 그제야 글을 모르신다는 것을 알게 되었습니다. 이후 한글을 가르쳐 드리기 시작했고 지금까지 오게 되었습니다.

교재가 없어 아쉬워하던 차에 군 평생학습기관에서 교재를 지원받았습니다. 퇴근 후 하는 수업이라 힘에 부치다는 생각도 했습니다. 하지만 종일 땡볕에서 일하시다 지친 몸을 이끌고 '에고 에고' 하시며 참석하시는 할머니들을 보면서 존경심이 생겼습니다.

태어나서 처음 연필을 잡아 보신다는 분들이 많았습니다. 마을에 야학이 들어와서 갔다가 아버지한테 몽둥이로 맞았다는 분도 계셨습니다. 글을 배우면 시집가서 편지 나부랭이나 하니 배우면 안 된다는 부모님 때문에 학교 문턱도 못 가봤다는 분도 계셨습니다. 이름 한번 써보는 것이 소원이라는 분, 글을 배워서 자식에게 편지를 쓰고 싶다는 분도 계셨습니다.

2011년부터 간간이 시 공부를 시작했는데 2013년에는 시화전에 장려상을 받는 분이 두 분이나 나왔습니다. 그때 할머니들 시집을 내드려야겠다는 생각을 처음 해보았습니다.

글도 잘 모르는데 시는 무슨 시냐고 손사래를 치시는

할머니들과 그림책을 같이 읽고 동시집도 읽고 받아쓰기도 했습니다. 이면지를 많이 구해서 부담 없이 받아쓰기도 하고 큰 글씨 그림책을 따라 쓰기도 했습니다.

할머니들은 일하다가 생각나서 적어 보았다며 안내문 뒷면에 시를 써 오기도 하시고, 달력 뒷장에 시를 써 오거나 그림을 그려 오기도 하였습니다. 할머님들이 수줍게 내민 손에서 받아든 시가 벌써 124편이나 되는지 몰랐습니다.

함께 공부를 시작했다가 요양원에 가신 분도 계시고 자녀 집에 가신 분도 계십니다. 또한, 무릎이 안 좋아 잘 걷지를 못하시다가 설상가상 허리 수술까지 받으셔서 집에 누워 계신 분도 있습니다. 참 안타깝습니다.

이제 한글을 배우고 나니 '눈을 뜬 것처럼 딴 세상을 사는 것 같다'고 하십니다. 하지만 나이 들어 한글을 배우니 돌아서면 잊어버린다고도 하십니다. 정말 한 주 쉬고 수업을 하려고 하면 받침글자는 잊어버리기 일쑤이고 겨울방학 한다고 한 달 정도를 쉬면 한 글자 한 글자를

되물어 보시며 쓰시는 분들도 있습니다.

소리 나는 대로 쓰시는 분은 애교스럽습니다. 써 오신 시는 해독이 필요하기도 했습니다. 그래도 당신들은 더 듬거리면서도 잘 읽으십니다. 들으면서 "아, 저 말이구나!" 할 때가 많습니다.

자녀분 댁에 몇 개월씩 계시다 오시는 분은 다 잊어버렸다고 "나는 벅구여 벅구." 하시며 수업 나오기를 꺼리시는 분도 계셨습니다. 하지만 함께 모여서 이런저런 얘기도 나누고 잘못 읽어도 괜찮다고 놀러 나오시라고 하면 용기를 내어 나오십니다.

이런 할머니들이 수년간에 걸쳐서 지은 시입니다. 아니, 삶입니다. 할머니들의 시는 제 삶을 돌아보는 계기가 되었습니다.

그림도 처음보다 실력이 부쩍 늘었습니다. "와!" 하고 감탄이 나올 만큼 잘 그립니다.

"추접스런디 얼굴은 내지 마시오."

"그럼 자화상이라도 그리시게요."

그렇게 해서 한 장 한 장 그린 그림으로 할머니들 모습을 대신합니다.

제게는 오랫동안 할머니들과 함께하며 꼭 해드리고 싶은 숙제 같은 것이 시집이었습니다. 이루리 작가님께 추천사를 부탁하고 시집 출간을 준비하고 있었는데 계획이 어긋났습니다. 실망에 잠겨 힘들어할 때 격려해주신 이루리 작가님께 진심으로 감사를 드립니다. 간절하게 바라면서 준비하였는데 이렇게 북극곰 출판사에서 출간해 주신다고 하셔서 얼마나 감격했는지 모르실 겁니다. 세심하게 챙겨주신 이순영 대표님께도 깊은 감사를 드립니다.

2016년 3월
김선자_곡성 길작은도서관 관장

차례

김막동

결혼

김막동

신랑 두루마기 해 줄라고

베를 놨는디

얼매나 급했으면

그 베를 못 짜고

두루마기를 얻어 입고 왔네

신랑 옷을 벗겨불고

그 베를 시집와서 짰네

그란께

시어메가 나만 이뻐했지

동시가 그 꼴을 못 보네

시어메가 힘 떨어진께

동시한테 시집살이 당하네.

징병

김막동

영장도 없는디

밤에 잔디

와서 데꾸가브렀네

지서에 데꾸갔네

어디로 튄다고

삼일 간 밥 해다 날랐는디

삼일 있다가 군대로 보내브렀네.

시어메

김막동

적지몰 논 지을 때

송동덕네 새만 보고

"후여 후여"

고함지르다 안 날아가믄

가서 쫓치고

큰 동시 몰래 호박전이라도

부쳐드렸지

허는 것이 맵깔스라

이쁨 받았지.

적지몰: 입면 서봉 마을에서 부르는 움푹 들어간 골짜기

구경

김막동

짐산에 굿 한다고 갔어

애기 업고

신랑이 문을 꽉 잠가블고 안 열어주네

금지덕이랑 둘이 갔는디

굿 보고 왔다고.

짐산: 마을이름 금산

남편

김막동

나무를 때면서
속상한 생각
3년을 때니까 없어지네
허청이 텅 비어브네.

허청: 헛간으로 쓰는 집채

가난1

김막동

부자로 사는 해술이네에

남편이 일갔다

배가 고파 죽겄는디

밥 한술 안 준다

가반을 한 그릇씩 주면

그걸로 새끼들하고 먹고 산디

밥 한술 안 준다

남편아

그 집엔 일 가지 마소.

가반: 정한 몫 이외에 밥을 더 받음

눈사람

김막동

어렸을 때 만들어 본

눈사람

크게 만들고

작게 만들고

숯덩이로 껌정 박고

버선 씌워 모자 만들고

손도 없고 발도 없어

도망도 못 가는 눈사람

지천 듣고 시무룩

벌서는 눈사람.

지천: 지청구, 아랫 사람의 잘못을 따져 꾸짖음

가난2

김막동

하래내 길쌈한다고

불 옆에서 솔질하고 베를 메면

저녁에 머리가 아프다

숯 냄새에

불머리가 난다

뚝배기 한 사발

장 얻을라고

팔뚝은 디어서

때왈같이 붓어 불고.

때왈: 꽈리, 딸기

부부싸움

김막동

첫 애기 낳고

칠월 백중에 놀았샀소

비석 치고 편을 갈라 갖고

금성댁네 집에서 여자 남자 쳤든가 몰라

남자하고 비석 쳤다고 남편이 뭐라 하네

오늘 저녁에 뭐라 하고

내일도 뭐라 해서

공동산 몬당에 죽어블라고 갔네

긴그라 먹고 단 것 먹으면 죽은단께

갔더니 뒤를 밟았는 갑써

밤솔나무 아래서 약을 털어 넣었는디

솥뚜껑 같은 남편 손가락이

목구멍에 피가 넘어오게 파내네

보둠고 파낸께

그 와중에도 왜 부끄란가 몰라

동네 탄금양반이 지나가네.

몬당: 평평한 언덕배기

긴그라: 약 이름

탄금양반: 탄금 마을에서 이사 온 사람

세월

김막동

나이 들면
남은 것이 맨 고런 것만 남아
몹쓸 것만
허리야 무릎이야 왠 몸뚱이가
성한 데가 없지.

동행

김막동

사우가 죽으믄 질이 안 묵어지고
딸이 죽으믄 질이 묵어진다는디
어쩌자고 세월이
서방을 딸깍 주워 먹어블라고 한다.

질이 안 묵어지고: 논밭을 묵히지 않고 농사를 짓고

남편2

김막동

나 안글 자리도 없어
남의 작은 방에 가 갔고
인자 살만한께 가브네.

안글: 앉을

의미

김막동

남편이 죽으믄 땅에 묻고
자식이 죽으믄 가슴에 묻는다.

김점순

시집1

김점순

열 아홉에 시집왔제

눈이 많이 온 길을

얼룩덜룩 꽃가마를 타고

울다가 눈물개다

울다가 눈물개다

서봉 문 앞에까장 왔제

고개를 숙이고 부끄라서

벌벌 떨었어

각시가 왔다고 벅적벅적거린게

원삼 족두리로

얼굴 가리고

신랑 얼굴도 못 보고.

시집2

김점순

시월 그믐날에 시집와서
섣달에 친정 간디
맘 설레고 좋았는디
삼 일만 있다가 오라네.

시집3

김점순

댓섬 꼽아놓고

오리 양쪽에 차려놓고

살아라면 산 것이다 하고

벌로 살았제.

댓섬: 대나무를 병에 꽂아둔 것

시집4

김점순

밥은 잘 먹고 살았어

시아버지한테 보대낀께 그랬제

큰아들 미워라고 못 본께

술 잡숫고 오면

토하듯 욕을 하고

시어머니는 밥 해주러 객지로 갔제

"가곡 네 이년 없냐" 들어오시며

저녁 내 고함소리

밥이라도 차려드리면

"네년 손에 안 먹는다"

술 받아 드리면 뽀도시 일어났제

한 가지 고생은 다 있어.

뽀도시: 겨우

시집살이

김점순

한복에 두루마리 입고

서당만 다니는 남편

막 결혼하고 영장이 나온께

한 해 미뤘다가

군인 가서 나왔더니

일할 줄도 모르네.

징병

김점순

작은아버지는
할미작지꽃 찧어 갔고
똥구멍에다 문대 갔고
걸음 못 걷고 그랬네
치질 있다고 군대 안 가고 그랬네.

할미작지꽃: 할미꽃

마실

김점순

신랑은 군대 가블고 없고

대숙아 성님이 놀러 오라네

그래서 울 시아부지 핫바지 갖고 갔는디

옷을 꼬매고 온께

시아부지가 담뱃대 갖고 마루에 쪼그리고 앉어 있네

"밤 늦게 어딜 다니냐?"

머라고 하네.

휴가

김점순

설 세고 남편이 휴가를 왔네

부엌에서 일 하다가 돌방을 못 넘어 가겄네

서방 얼굴을 못 보겄어서

작은 방에 건너를 못 가겄네

"삶서 애썼네"

뭐라 대답할 수도 없네

사흘 있다 가븐께 벙하네

열 아홉에 시집와서 스무 살에 군에 갔는디

서당에만 다니느라

집에도 잘 안 왔는디

섣달에 영장 나온께

얼굴 볼 새도 별로 없었는디.

돌방: 구들장을 깐 방
벙하네: 아무 생각도 안 나네

노름

김점순

시아바이 무서서 벌벌 떤디

어쩌자고

밤새도록 안 오네

새벽녘에는 쇠죽도 써야한디

지달코 있다가

짐산이 쫓아가서

영감 신을 갖고 와뿄네

눈길을 맨발로 왔을까

눈이 빌개져서.

짐산: 마을이름 금산

변화

김점순

타이어 공장이

전부

우리네들 밭이었어

몸통만 한 미류나무들이

들어서 있던

손바닥만 한 그늘땜시

땀도 씻고

남원댁네랑 막걸리도 쪼르륵

딸아 마셨는디

그 맛이 안 나.

우리가 살아온 세상

김점순

저 동악산 몬당에 소나무 밑

남자들은 싹다리 나무

한 짐씩 해 오고

여자들은 가리나무 긁으러

망태 갖고 갈퀴 갖고

한숨까지 긁어서 모타갖고

나무동을 만들어

맨껏 만들어 이고 끄집고

끄집고 못 오면 줄 달아서 끄집어야

시안에 따땃하게 불이라도 땟제.

싹다리 나무: 소나무 잎싹 없는 것
가리나무: 솔가리를 긁어모은 땔나무
시안: 겨울

겨울

김점순

요사이 눈이 많이 와

고샅을 미끄러서 다닐 수가 없습니다

동네 앞 당산나무

눈꽃이 아름답습니다

우리는 회관에서 화토를 치며

하루 이틀 보냅니다

설도 며칠 안 남았는데

설을 쇠면 봄이 돌아오고

일할 것을 생각하니

눈더미에 눌린 것처럼 힘이 듭니다.

고샅: 마을의 좁은 골목길

눈

김점순

눈이 사뿐사뿐 오네

시아버지 시어머니 어려와서

사뿐사뿐 걸어오네.

도귀례

오다 말다 하는 비

도귀례

오다 말다 하는 비

투닥투닥 떨어진다

은근히 살큼 비린내가 난다

지붕에도 떨어지고

땅에도 떨어지고

비의 기운이 내린다

나는 춥고 일도 하기 싫은데

곡식은 싱싱하니 잘 큰다.

여름날

도귀례

용접한 걸로 지저 볶아 먹는 것처럼 덥다

땀이 어찌케나 난가

갈수록 뜨겁다던디

어찌하까나

더운 것을 못 보것어

해는 땀보여 땀보!

도라지 씨

도귀례

감나무야 밤나무야

심궈논 밭뙈기 하나가

따로 떨어져 있어서

쟁기 왔다갔다 하느니

도라지 씨를 뿌렸지

무시밭에 도라지 꽃이

희거니, 포롬허니 피어 있는디

씨껍덕이

쏭댕이가 파마한 거만치로

거칠거칠하게 있었제

다 일가심이여.

포롬허니: 파릇하게
씨껍덕이: 알곡의 겉껍질
쏭댕이: 콩이나 밀을 작대기로 두드리고 남은 껍데기
일가심: 일거리

50 시집살이

가을걷이

도귀례

묏똥 앞에 땅이 남아

세 고랑 밭을 만들었는데

곡식 벌이해서

짐승 좋은 일만 했네

애초기로 친 것만치로

야물딱찌게 뜯어먹어 버렸네

자근자근 빠마볶아 먹은 것처럼

먹어버렸네

돈 고까진 것

안 벌어도 살고

없어도 사는 것이지만.

묏똥: 묘

애초기: 예초기, 풀 깍는 기계

마늘 품앗이

도귀례

골은 쳤는데 흙이 안 깨져서

흙 덤뱅이를 늘 빼냈다

비니리 속에

흙 덤뱅이가 독덩이 같이

주먹 같은 놈이 있는 밭에다

마늘을 숨겄다

접때 내

우리집 영감이랑

둘이서 말도 못하게 힘들게 일했다.

봄날

도귀례

겁도 없이 불을 놓제
산밭 매는 새
뫼 아래서 영감이
마른 잎 덤불 모아
불을 놓재

봄 불은 날아다닌다고 안 혀
봄 불은 비도 안 하대

불 샛바닥은 화르르 한디
어찔란가 몰랐제.

새떼

도귀례

시방은

새도 없어

옛날엔

나락이 필 때 되면

새떼가

나락 빨아먹어븐께

어찌나

힘들었는지 몰라

시방은

새도 안 보이는디

그때가 더 좋았지 싶어.

릴레이

도귀례

메주 쑤고 나면

무시 캐야제

무시 캐고 나면 싱건지 담고

싱건지 담고 나면 배추 캐야제

배추 캐고 나면

김장해야제.

겨울 회관

도귀례

저물도록 다들 여~가 있어

여가 엿장시가 붙어갖고

똥구멍에가.

큰 눈

도귀례

비할라 오고

눈할라 오고

진탕 와불어 갖고

건조장도 다 절단 나불고

큰 소도 한 마리 죽을라고

까딱까딱 해불고

하루 종일 오고

밤새토록 오고.

비할라: 비도

생일

도귀례

돈이 없슨게 안 와
경비가 든게로

와야 줄 것도 없고
차비도 없고
그냥 작파해붓어
다들 힘들게 산디.

뇌성

도귀례

뇌성이 때리는데

무서서 벌벌 떨었어

전봇대만 한 뇌성 세 개

마당에 때려부렀나

귀땡이가 떨어지게

아!

봄이덕집 계량기가 타부렀네.

토란

도귀례

토란이 지저분하게 일어나네

손으로 다 쥐뜯어 놓고 나도

똥구멍에서 아드백이가

손가락만 하게 질어나서

에라

된장국 할라고 죄 뜯어왔지

호박잎에 토란잎 넣고 끓여

삶은 감자를 껍떡 벗겨같고

국자로 잉끌면

아, 고것

개미가 있고 맛있지.

아드백: 토란 옆에서 수북하니 길어나는 순
개미: 음식 맛

서당골 안개

도귀례

비 온 놈 만이로

안개가 끼었더니

또 벗어졌구만

솔나무 껍떡 안에 물이 올라

무릎 내렸는갑써.

환장하것어

도귀례

일감이 들어왔는디

들깨를 붙인께로

못 간다고 떨어버렸어

그란디

서당골 깨를 못 붙인다네

밭이 질어

옴팍해같고

참깨 숨고 들깨 숨었는디

콩도 목아지를 노루가 따먹어부러

검은 콩도 몸뚱이를 절단을 내분께

밭 곡식도 속상해서 못해 먹는단께

주딩이 째삣한 놈들이 많애

땅을 파묵어분께

뒤에도 절반을 넘게 파묵어부러서

내가 환장하것어.

밭농사

도귀례

접때 와서는 밭에 풀 매러 간다고 가고

감자는 돼지 때문에 못 붙이고

콩은 까치 때문에 못 붙이고

깨밭은 나중에 시나브로 해야제

조카가 트랙터 하고

고숙이 고랑 내고

골이 한 발씩 남으면

등허리랑 가상이랑은 손볼 때가 많아

깨밭은 나중에 시나브로 해야제.

콩 타작

도귀례

맨~ 콩 타작

콩이나마 맨 벌거지 통

약 한 번씩 해도

돌아서면 생기는 벌거지

근디 들깨하고 참깨는 벌거지가 안 묵고

콩하고 폿은 속에서 들어앉어 먹어서

껍떡만 남았더만

내 마음만키로.

비 오는 날

도귀례

깨밭 갈아갔고

덜푸덕 비가 와브네

굵은 비가 내려갔고 황토밭인디

손가락 같은 비가

따라져 갔고

밭고랑에

밭고랑에

논 매니로 물이 흥건했지

삽이 안 들어가

발로 삽을 차갔고

개경밭도 아니어서

흙이 안 떨어져서.

개경밭: 돌짝 밭

일 끝에는

도귀례

등짝이 어찌 아파갖고

아이고메 죽겄네

아이고 죽겄네

몸뚱이가 죄다.

오래 사시쇼

도귀례

똥구먹을 빡빡 다듬어 갖고

나풀나풀허니

싸악 다듬어서

저녁에 간 쳐 낳다가

배추 담을라고

생지가 먹고 잡다네, 영감이.

산중의 밤

도귀례

늙은께 삐다구가 다 아픈지

한 발짝이라도 덜 걸어올라고

왈칵 밤이 내려와 앉는갑다.

박점례

옥수수

박점례

껍질을 벗기면

앞니 빠진 옥수수

여러 가지 색깔로

총총 박혔다

노랑, 하양, 까망

옥수수 알맹이들이

사이좋게 어깨를 맞추고

하모니카 악기가 된다

며늘아가랑 나랑

어깨를 맞추고

우리들도

하나가 된다.

뽀실비

박점례

이슬비가 뽀실뽀실 온다

뽀시락뽀시락 비가 온다

끄끕하니 개작지근하다

온 들에가 다 떨어진다

온 곡식이 다 맞는다

곡식이 펄펄 살아난다

시원허니 좋다.

서럽다

박점례

나는 세상을 태어나

세상답게 살도 못하고

세월이 다 가고

이제는 몸도 안 따라주고

마음이 슬프고 서럽다

한 오십대만 됐다면

훨훨 날아다니면서

살 것 같다.

뇌성

박점례

깨 묶으고 있은께

번개 치고 뇌성이 울고 있어

무서워 혼났다

불이 내젓고

딱콩! 한다.

소나기

박점례

깨가 야물딱지게 익어부렀네

고놈 다발 째매고

묶으고 난께 비가 막 퍼붓네

비닐을 덮으면

바람이 젖혀불고

뇌성이 눈앞에 휘익휘익 지나

죽는갑다 했단게

그래도 비 안 맞치고 비설거지 했구만.

여름 일

박점례

비가 어떻게 사납게 온지 몰라

무시밭을

깔짝깔짝 한소끔 해 놨다.

추석1

박점례

새끼들을 기다렸다
보고 싶고 보고 싶은 새끼들

이 놈도 온께 반갑고
저 놈도 온께 반가웠다

새끼들이 왔다 간께 서운하다
집안에 그득흐니 있다가
허전하니

달도 텅텅 비어브렀다.

추석2

박점례

달이 훤허드냐고?

벌로 봤네.

봄 농사

박점례

씨나락 담가놓고

흙 담아

아이구매,

관정에 물이 보타져서

물도 말랐것어

물 고완 안 해서

아닌갑다고 아닌갑다고

둑 조께 만들어 달라고

뽀도시 물 넣어서

볼바 만들어야제

씨나락 담갔은께.

관정: 논에 있는 지하수로 판 샘
보타지다: 마르다
고완: 논에 물을 대어 가득하게 관리하다
볼바: 밟아

가난

박점례

젖 떨어진 동생에게 준

흰 밥이

어찌 맛나 보여 먹고 잡던지.

겨울1

박점례

밭에 깻대를 태우려고 했는디
눈이 와서 어쩌까
봄에 태우면
소방차가 와서 벌금 물고
잡아간다고 혼난디.

겨울2

박점례

밤새 눈이 와

발이 꽉 묶여버려

오도가도 못하것네

어쩔까

이 눈이 쌀이라믄 좋것네.

안기임

넘새밭에서

안기임

풀

똘똘 말아진 것이

자꾸

호박을 감고 감고

가위로

칵

잘라브러

잘라브렀더니

올라오는 달덩이.

넘새밭: 남새밭. 채소를 심고 가꾸는 밭.

속은 타들어가고

안기임

기생같은 화장네랑

둘이서 장 봐오고

꿀산 길을 나가면

둘이 산에 앉아

뭐 먹고 있는 걸 보면

모른 척하고 지나왔지.

그대 이름은 바람

안기임

애기 젖 먹여 놓고

오장 상한께

날마다 산으로 갔지

한 단 한 단 해 놓은 나뭇단이

설움만큼 높게도

뒷담에 쭈르라니 쟁여졌지.

남편1

안기임

밤 열시가 넘어도 안 들어오네

그 집, 화장네 집을 찾아갔다

샛길 따라 가니 이상한 소리가 밟힌다

방문을 쾅 열어 부렀네

"이 호랭이 물어갈 것들!"

말하고 나니 왈칵 겁이 나서

꼬랑지 내리고 걸어왔네

사나흘 지나 돌아온 남편

자봉침 배다지를 발로 볿아 빼서

치기 시작하네

어깨가 시퍼렇게 멍들도록.

자봉침: 재봉틀
배다지: 서랍

회상

안기임

나이 많은 데로 여의라고 한께
열 살 새라
4칸 집 장사꾼 꼬치장시 깨장시가
그해 금이 내려 망해 버렸다지
막둥이 시아제는 군인 가 없고
시어메는 아들을 양쪽에 끼고 자네
동서하고 같이
이 집 아니면 죽을지 알았네
밥만 먹으면 나무하러 가라 하고
밥만 먹으면 밭매러 가라 하고
동서는 "형님 따라 오시오
가만가만 나만 따라 오시오." 하네
산으로 밭으로 가만가만 가네.

열 살새라: 열 살 차이라

시집살이

안기임

동서는 똥오줌 여다가 밭에 준디

나는 못 하네

"너는 나가거라" 시어메가

솔나무 다발하고 옷보퉁이 던져주고

이삐네 작은방에 저금 내 놓네

남편은 화장네 집에서 오가도 않은디

큰집에 쫓아가서

"성님 쌀 한 되만 뀌 주시오"

쌀 반 되 서숙 반 되 얻어

세 새끼들하고 삼 일을 밥해 먹은게

서방이 들어오네.

저금: 분가

이런 재미 저런 재미

안기임

진수네 어매 장구치는 소리따라

장구를 쳤지

징을 치라면 그것 맞춰 치고

꽹과리 치라면 그것 맞춰 치고

동네 사람들도 흥에 겨워

술 한 잔, 술 한 잔

준대로 마셨지

캄캄해지도록 장구 치고 온께

밥 안 차리고 어둠 밟고 온다고

영감이 뿔이 나 있다.

소싯적에

안기임

솔찬히 먼 곳에

옹달샘 물 질으러 가네

항에다가 물 채우려

작은 오가리 이고 다니면서

물 질으러 갔네

산 밑 옹달샘

바가치로 물을 퍼서

이고 다니면 출렁거려서

옷 망치고 돌아와도

"저 가시네 긴이 쫙쫙 흐르네" 한다.

긴: 매력있다

잠실농사

안기임

뽕을 따러 가는 제법 먼 산 밭에

놉 세 사람과 가더라도

봄에는 괜찮지만

가을 누에는 힘겹다

들에 논에 농약 기척이 있으면

하얀 누에 입에서 붉그스름한 물이 나오고

머리를 쳐들고 있다

얼른 새 뽕잎 따다 올려주면

소낙비 오는 소리 같은 누에 뽕잎 먹는 소리

잠실 안이 촉촉해지고

때가 되면 자리를 잡고

빗줄기 같은 하얀 실을 입에서 끄집어내어

제 몸 둘둘 말아 어여쁜 흰 고추를 만들었다.

남편2

안기임

아침에는 수박 순 치고

저녁에는 수박 약 하고

안태고랑 밑에서 해 너머까지 일하고 오면

늦게사 밥한다고

꼬라지 내고 징했다

기어나가면 오갈 데는 없고

애들 데리고 나갈라 해도

누가 나를 오라고 해

그래 참고 살았다.

지금도 생각하믄

안기임

시어메가 동서하고 나하고 밭으로 쫓는다

젖먹이도 띠어 놓으래서

방에서 기어나올까 봐

작은 방 문지방에 짝대기 하나 걸쳐 놓고

자지러지는 울음소리도

넣어 놓고 갔다

"어서 오니라 똥 쌌다"

목청도 좋아 신기밭까지 올라오는

시어메 고함소리 듣고 뛰어가믄

똥을 싸서 방바닥에 발라 놓고

얼마는 먹고

또 얼마는 벼랑박에 문대 놓고

울도 안하고 웃도 안하는

아새끼

딱고 젖 주고 또 띠어 놓고 가믄

동서가 내 밭까지 다 매 놓고

눌은 밥 한 덩이 남으면

"형님 먹으시오"

"동서 먹으오" 했다.

누에 키우기1

안기임

채반에 종이를 깔고 누에를 키웠다

채반 위에 그물 놓고 뽕잎을 주믄

그물을 뚫고 올라와서

뽕잎을 먹는다

그물을 들어 새 채반에 올리믄

까만 똥, 누에 똥만 남는다

넉점 잠을 자고

잠실 양 끝에서 영감과 뽕잎을 준다

잠실 획 돌아서 주고 나믄

뽕잎을 다 먹어버린다

봄 누에는 뽕잎을 가지쳐서 주고

몸뚱이가 노랗게 익을라 하믄

채반에 누에 짓는 그물 올려놓을새라

자리를 잡고 집을 짓는다

자기가 자기를 감아

실을 빼서 집 한 채 정성스레 짓는다.

넉점: 네 번

누에 키우기2

안기임

실을 다 빼믄

번데기가 되어서 가븐다

일주일 되기 전에

새알같이 꼬치를 짓고

나방이 되는데

나는 큰일날새라

고치를 푸대에 담아

리어카에 싣고 버스를 타고 가믄

귓가에서는

오독 오독 오독 오독

부지런한 빗소리가 들리는 것 같다

번데기는 나방이 되고플텐디

몇 키로 얼마에 떨어지는

돈이라도 받아 잠실로 오믄

호독 호독 호독 호독

떨어지는 빗방울이

그쳐있다.

수박 농사

안기임

모중을 다 심고

비가 오거나 수박 옆순을 짜르믄

약통을 짊어지고 약을 해야제

수박 줄기 직선으로 뻐더 나가게

순질을 해야제

원순이 잘 클라믄 옆순은 가위로 잘라 내야제

빈자리 풀을 뽑아 버리고

이튿날 와서 보믄 순이 쭉쭉 뻗어 있다

매듭이 잘 크믄

수박이 맺어오고

오늘 보고 내일 보믄

와 이렇게 잘 크는구나

달덩이 보다 더 큰 후에

꼭지갓이 쑥 들어가믄

고놈 잘 익어서

한 덩이 한 덩이씩 시집 보낸다.

큰일 날 뻔했시야

안기임

수박 넝쿨 걷어내고

배추 모종을 심었다

하두 가물어서 꼬랑에 물동우 이어다가

배추에 물을 주었다

이 노릇도 못하것다

시아제한테 경운기로 꼬랑물 끌어

올려달라 했다

호쓰에 물이 올라오니

"물 올라왔어라 물"

호미 들고 꼬랑으로 넘어가는 물 잡으러

뛰어가는데

갑자기 왼 눈이 안 보이고 왼쪽 머리가 이상했다

음식물을 토했단디

둘째가 업어 왔단디

시골서 택시 타고 광주 제중병원까지 갔단디

일요일이라 문 닫쳐서 전남대학병원으로 갔을 때는

해가 넘어갔다는디

눈을 떠 보니 6일이나 지났다는디

통 기억이 나지 않았다.

누에 키우기3

안기임

손바닥 한 장 만한

깨알같은 누에를 닭털로 쌀뽀시 나누고

잘게 뽕잎 썰어 주믄

좁쌀만큼 큰다

또 닭털로 나누고

뽕잎도 나눠주면

강낭콩만 하게 큰다

손가락만 하게 크면

놉 얻어가서 오솔길 너머서 종일

뽕잎 따고

머리에 푸대를 이고

푸대 위에 해를 이끌고 온다.

양양금

한숨만 나와

양양금

소 땜시 볏짚 묶었어

서마지기를

막 끝낸께

비가 툴툴툴 낼쳐

논은 질어서

경운기가 빠져갔고

짚을 바쿠 밑에 깔아

몸살을 했제

가을 일 하고는 소 팔아부러

귀찮은게

사료값은 비싸고

남은 것은 없은게

사료값만 맨껏 들어가고

소는 싸디 싸고.

나뭇잎

양양금

바람이 불면
한 잎 두 잎
철새가 날아가듯

나뭇잎은
땅에 깔리고
바스락 바스락 소리는
뒤굴뒤굴 궁근다.

보슬보슬 오는 비

양양금

가랑비도 아니고 보슬보슬 오는 비

똑똑 똑 똑 떨어져

오만 냄새가 다 난다

마당에 곡식에 논에

들에 나가면

비를 맞는다

팔랑팔랑 생기가 있다

비가 와서 좋단다

나무가

비가 와서 좋단다

고추가.

좋겠다

양양금

인자 허리 아프고

몸이 아프고

몸이 마음대로 안된께

마음이 쎄하다

저 사람은 저렇게 빤듯이

걸어가니 좋것다

나는 언제 저 사람처럼

잘 걸어 갈끄나.

해당화

양양금

해당화 싹이 졌다가

봄이 오면 새싹이 다시 펴서

꽃이 피건만

한번 가신 부모님은

다시 돌아오지 않네

달이 밝기도 하다

저기 저 달은 우리 부모님 계신 곳도

비춰 주겠지

우리 부모님 계신 곳에 해당화도

피어 있겠지.

여름 일

양양금

깨 비어낸 밭에

비린 잎이 솥단지 뚜껑만치 했다

죄께 매다 와붓다.

추석1

양양금

셋째가 그날까지 근무하고 늦게 왔다
'저녁판에 내려갈게요' 한다
대전인가, 목포인가
갈쳐줘도 모르겠다

안 온께
또 내다보고
또 내다보고

올 때가 되면
맥없이 우째서 이렇게 안 온가 하고
달도 마을 밖을 내다본다.

추석2

양양금

머리 맞대고

장만해서 먹고

아무 탈 없이 갔은께

추석 잘 보낸거제.

큰비

양양금

비가 많이 오면

물비린내가 난다

땅 위로 쏟아질 때

죽방굴이 버끔만이로

위로 톡톡 솟는다

그라면 비가 많이 온다.

곡성

양양금

여~가 질로 좋아

큰물 져라도 거시기가 안 오고

비 거시기 안 오고.

봄이여

양양금

죽었다 깨나도 안 파져

골만 타논 놈하고 안 타논 놈하고

바우 찍기만이 혀

삽질해야 하는지

밭을 질러가지고 해야 하는지

삽이

죽었다 깨나도 안 파져.

달

양양금

달은

눈썹 같이 생긴 달

낮에 나온 조각 달

계란 노른자 같이 생긴 달

논배미 위에 떠서

계수나무 박힌 달

친정 어매 품앗이 갈릴 땐

달 뒤에 샛별이 따르고

어매 뒤엔

달이 따르고.

소쩍새

양양금

나뭇가지에 싹이 나면
나뭇가지 위에 앉아서
소짝소짝

암놈이 수놈 부르니라고 우는 걸까
밤마다 당산나무 위에
뽀르락하니 앉아서
소짝소짝

새끼를 찾은 놈 만이로
새끼들 없으면 찾으러 다니는 것 만이로
소짝소짝.

시집

양양금

날이 징그랍게 좋았는디
울 어매가 새벽같이 나와
"아이고야 눈이 질과 같이 왔다
어찌 갈끄나"
솥단지 뚜껑 뒤집어 양산 하나 주네

20리 길을 양산을 쓰고
치매를 허리끈으로 둘러 묶고
신랑을 졸래졸래 따라왔지
평상도 찌그러지고
마당에 장꽝 두 세 개

신랑은 남의 집 담살이 가고
시어마니하고 둘이 살았지

풀떼죽 갈아

똑똑똑 띠어너서

죽 끓여 먹었지

길쌈 일은 못한섬

노물만 캐러 다닌다고

무던히 대그박에 이나르고

각시 데려다 놓고 먹을 것이 없은께

쇠경 받아다 주러

신랑은 7년을 담살이 나왔지.

담살이: 머슴살이

장꽝: 장독대

대그박: 머리

소내기

양양금

갑자기 구름이 덤벙덤벙하네

소내기 올란가

소솔이 바람이 불어서

북쪽으로 들어가네

주먹같은 소내기가

느닷없이 쏟아지네.

눈

양양금

하늘에 구름이 쩌같고

어두침침하니

안개 낀 것만이로

논바닥도 흐거고

나뭇가지도 흐거고

지붕 위에도 흐거고

밥할란게

쌀독 안에

쌀도 흐거네.

흐거다: 하얗다

TV켜기

양양금

찌그르르 안헌갑네, 놔봐

요걸 눌러야 한단께

요거 거시기여

요건 거시기 아니고

도로 케이비에슨디

여가 잘 안나온갑다

인제 요거 떨어질란가 몰라

황소간장 안 나온게

고거 끝나붓담서

수박 끝났어

삐러니 불 들어오네

인자 됐는갑네.

말바우 생강

양양금

요만치씩 큰 것을

요만치씩 뽑아갔고 판디

몸쌀나게

긴

생강.

단풍

양양금

들녘이 다 단풍 들라면
놀작지근하다가
노란이 물들어 갔고
서리가 내려야
단풍이 왕창 들제

바람이 웽 부니
단풍잎이 철새 날아간 것 만치로
좌악 몰려 날아가불제.

놀작지근하다: 노르스름하다

시집살이

양양금

니 설움 들어가거라
내 설움 나간다.

윤금순

연상연하

윤금순

우리 집은 일꾼 들이고 살았는디

인조치마 노랑저고리 보내 온 시댁

머리도 싸악 깍아블고

고무신 신고 장가를 왔네

몸뚱이만 달랑

삼은 삼아도 명을 짓지는 못하겠네

일이 서툰께

도둑품앗이 했지

모 심구러 가면 손 맞출지도 모르고

소를 이끌라고 야단을 하면

입이 바짝바짝 말라

논물을 입에 머금고

뱉어내곤 했지

설움도 같이.

소원

윤금순

큰 집에서 혼자 지내면

서글픈 게 친구고

외로움이 친구다

새끼들이 오면 반갑고

가면 서운해 눈물나고

잠 안 오는 밤이면

이 생각 저 생각이

널을 뛴다

팔십이 넘으니까

새끼들에게 짐이 될까

병원 생활도 싫고

요양 병원도 싫고

건강하게 살다가

하나님 부르시면 가고 싶은디.

서글플 때가 쎗지라

윤금순

소 질들일 때
코뚜레에 새내끼를 끼어서
잡아 끌고가

까딱까딱 잘간 놈은 잘간디
고집 씬 놈은
아무리 이끌어도
하늘만 쳐다보네
무릎 꿇고 앉아 버리네

소가 말 안들이면
내가 지천 들었지.

지천: 꾸중

선산이 거기 있고

윤금순

여시고개 넘어가면

불맷동산

산밭을 이뤘는데

경사진 밭이라 차도 못 올라가고

고추 심굴라믄

망오를 등에 업고 가고

고구마 심굴라고 물 질어 올리면 어깨가 아퍼

칡이 성해서 넝쿨이 올라오믄

밭 가상까지 다 캐내고 찍어내도

열한 간데로 뻗은께 잡도 못한디

나 혼자만 되믄 안 가꾸것는디

고치 갈고 깨 갈고 고구마 놓고

가꾸어서 새끼들 줘야겄다 싶네

선산이 거기 있고

영감도 아들도 다 거가 있은게

고구마라도 캐서 끌고 와야한디

감나무까지 다 감아 올라간 칡넝쿨도

낫으로 탁탁 쳐내야 한디

내년엔 농사를 질란가 안 질란가

몸땡이가 모르겠다고 하네.

망오: 농사 지을 때 쓰는 거름

눈

윤금순

사박사박

장독에도

지붕에도

대나무에도

걸어가는 내 머리 위에도

잘 살았다

잘 견뎠다

사박사박.

조남순

소

조남순

소 이끌 때

소 발만 졸졸 보고 따라가면

구렁논에 가서

갈 때는 잘 갈아지는데

내려올 때는

쟁기가 붕 떠 갔고

잘 안 갈아지네.

화전놀이

조남순

전에는 여행가는 법 없었지

노래 부르고 춤추며

장고 뒤를 따라가지

도림사에서 동악산을 넘어

배들이 남산만 한 사람도

다들 올라갔어

지금은 배가 없어도 못 오르것어.

동백꽃

조남순

기와 옹박지에다

물을 이고 오는데

발길만 돌에 톡 차이면

파사삭 깨져브러

집에는 또가리하고

바가치하고만 갖고 오네

어머니는 디지게 욕을 하는데

상윤이 머시매가 나를 똑똑 따라오네.

오해

조남순

새뜸에 살 때게

미순이가

"똘방 밑에 보리를 숨겨 놨는게 갖고니라" 해서

복복복 기어서 갖고 나오는데

나보다 두 살 더 먹은 머시마가 보고

"저 도둑년 남의 것 갖고 나오네" 한다

어째 어린 나를 시켜서 도둑년 만든가 했네.

새뜸에: 돌아가는 길목에

살 때게: 살 적에

쑥밥

조남순

열 아홉에 시집이라고 간께

서방님은 군인 가고

시아제도 군인 가고

시어머니하고 할머니도 계시고

시누도 하나 있고

또 시아제 하나 있어

설 세고 그해 봄

살기가 곤란한께

쑥을 짐으로 두 짐도 더해서

쑥밥을 해서 먹은 걸 생각하면

지긋지긋하네.

시집살이

조남순

헌 소리 또 하고

헌 소리 또 하고

시할매는

쇠담뱃대를 저녁마다

따앙 땅땅 따앙

밤새도록 때리고

시어매는

흥 인자도 멀었다

나만이로 할라믄

아직도 멀었다.

가난

조남순

소금에 국을 끓여도

그리도 맛나.

날 뜨거운께

조남순

논두럭을
고분자분 이쁘게 비어야 한디
웅지만 쳐났다.

웅지: 언덕부분에 난 풀의 아랫부분 말고 바로 그 윗쪽

세월

조남순

가곡덕 시집 올 때

동생을 업고서

깨잘을 얻어먹었단께

함께 늙어가네.

가곡덕: 가곡에서 시집온 가곡댁

깨잘: 과자

추석

조남순

송편을 잘 비비는 작은 며느리가 안 왔다

흰떡을 하러 옥과 두 간데를 간께

두 간데가 다 기계를 잡았다

입면에서 흰떡을 했는디

큰 며느리가

"시어머니조차 여섯 집이 먹어야 한디

왜 댓대밖에 안했나" 한다

막내가 일곱 대는 해야 한단다.

겨울

조남순

추우니께

집에서 고구마나 삶아 먹고

회관에 나가서

밥해 먹고

화토 치고 놀다

집에 와서 텔레비전 보고

자식한테 전화오믄 받고.

눈이 쌀이라믄

조남순

눈이 쌀이라믄
밤새도록 잠도 안 자제
새벽에 쓸어 올라고
남의 집 고샅이라도
다 쓸어오것제.

둥지

조남순

전갯방 살이 좋아보여

서울 용산에 나가

남의 집 담살이 했지

해 너머 가면 집 생각이 났다

할메가 찾으러 왔을 때야

남의 집 둥지 털고

곡성 역 곱돌곱돌 두루길 따라

돌아왔다

어미가 되어

죽지 속에 새끼들 여섯을 품고

몸땡이살 보타지게

일만 하고 살았다

젊은 청춘들이라고

직장 잡아 다 나가고

지들 새끼들 키운다고 죽지로 품는단다

그래,

이제 나는 혼자서

장태로 들어간다.

전갯방: 부엌이 달린 방
장태: 닭 키우는 곳

밀떡

조남순

13살인가 12살인가

생밀을 학독에 간께

모구가 뺨에 앉었어

손바닥으로 뺨을 딱 때렸지

모구가 머리에 앉네

머리를 딱 때렸어

그란디 모구가 엉덩이에 앉네

엉덩이를 딱 때렸지

동생을 업고

사랑재를 넘어 가는디

원덩덕이

"저 년은 뭣을 했길래 얼굴이고 머리고 엉덩이고 희거니

발라놨냐"

"밀떡인디라"

"너 거기 있어라"

밀떡 반듯한 것 세 개를 가져가브네

밤솔나무 아래를 애기 업고 지나는디

학독 갈아 만든 것

세 개를 가져가브네

술 못 자시는 울 아부지 논에서 일 하시는디.

학독: 절구와 비슷하나 아랫부분이 없고 절구보다 더 넓적한 것으
로 예전에 고추나 양념을 갈거나 소량의 밀이나 곡식을 가는 데 씀

뇌성

조남순

뇌성이 때글때글해서

고양이만기로

가만히 앉어 있었어

어찌나 무섭던지.

뜨겁다

조남순

나는 마음이 뜨거웠던 때가
없었제
아니 시방까지도 뜨거운게
많제
혼자 살다본께 뭐시던지
그러제.

최영자

큰동서1

최영자

내 밥만 훑어서 바깥에 놔두네

"귀한 사람 전개서 밥 먹으라냐"고

남편이 성내서 방에서 먹었지

내 생전 이어보지 못해서

풀동을 이어주는디

던져 부렀지

고시랑고시랑한 큰동서에게

"가슴이 터져블란디 어쩔라 그라요" 했네.

전개: 부엌

풀동: 풀을 뭉치로 만든 덩어리

고시랑고시랑: 구시렁구시렁

큰동서2

최영자

이날 평생 길쌈해서

적삼 하나 얻었더니

남을 줘 버렸네.

가난

최영자

모 심그러 가도 쌀 두 되

똥소매 퍼내

하루 점도록 보리밭에 찌끌어도

쌀 두 되.

장례식장에서

최영자

물 마시듯이 쫄딱쫄딱

시나브로 마셔보란께

가야 할 사람 가야제

요놈의 다디 단 망고주스 맹키로

비워내고 가야제.

남편

최영자

일정 때

성이 죽어브러서

군인 안 갈라고 숨어 살았네

몰래 집에 오지도 않아

7년을 혼자 산다 했어

울 어머니가 옥과지서에 잡혀 갔는디

지그 부모들도 맞고 때리는데

장모라서 때리지는 못하드만

나는 벅구라

길쌈하고 시어마니 동서 시킨대로

그냥 살았어라

남들은 군에 대신 가서 죽어 브렀단디

그런 꼴을 본께로 안 보낼라고 했지.

벅구: 바보

소풍

최영자

성남으로 등산 가자고 해서 따라갔다

학산 동생만 따라 갔는디

박냄이 지그어메는 딴 데로 가블고

바우 밑에다 숨겨 논 솔술

싼곰한 냄새 한 잔씩 마셨다

손톱만 한 솔방울 손으로 뚝뚝 띠어블고

솔잎도 뜯어서

물 쪽 빠지게 뒀다가

술에 넣어서 바우 밑에 다시 감추고는

1년이나 재워 두면

세월이 들어서인지

고맘때쯤이면

봄도 숨이 차서 복복 기어 온다.

시집

최영자

울 엄니는

배깥에도 못 나가게 했는디

머리 낭자 안 한 큰 애기는 잡아간데서

물짠 집에 시집갔다

우아래 동네서 삼서

시아바이 없고

시아제도 없고

다 과부만 모였네

사흘만에 빨래 빨러 가는디

부끄라서 못 가겄네

웃것에 빨래터 가는 길이

십리나 되는 갑다 했다.

물짠: 시시한

눈

최영자

눈이 하얗게 옵니다
시를 쓰라고 하니
아무 생각도 안나는
내 머릿속 같이 하얗게 옵니다.

두 번째 詩집살이

글 모르던 시골 할머니들이 글을 배워 시 모음집을 엮었다고 해서 호기심에 읽어보았는데, 그게 아니었다. 이것은 시집일 뿐 아니라, 아주 빼어난 시집이다. 이 책의 시편들에는 뭐랄까, 시 이전의 느낌이 있다. 읽을수록, 시는 원래 이런 것이 아니었을까 싶어지는 것이다. 시는 인생 희로애락에 대한 특별한 감흥과 발견을 담아야 하지만, 온갖 상상력과 기교를 가진 전문 문인들에게도 그건 늘 어려운 일이다. 그런데 이 시집의 시편들은 그걸 아주 쉽고 자연스럽게 생활의 말에 녹여낸다. 어쩌면 우리 모두는 시인으로 태어나지만, 살아가며 제 안의 시인을 잃어버리고 마는지도 모른다. 마음속에 원래 들어 있던, 그 시인이라는 심성과 감정과 가락을 꺼내어, 이분들은 기교 없이도 삶을 시로 썩 잘 바꾸어낸다.

이 시집의 제재를 간추리면 시집살이와 농사일이 될

것이고, 달리 말하면 '참고 살았다'와 '일만 하고 살았다'가 될 것이다. 고생스런 삶도 살 만한 게 되려면, 말은 하게 해야 하고, 고단한 몸은 또 쉬게 해야 한다. 긴 시간이 흘러, 그 말과 쉼이 하나로 합쳐져 눈물겨운 시의 꽃밭으로 피어났다. 마을 '회관'에 모여 '화토'를 치는 나날은 이 나라 농촌의 흔한 풍경이지만, 전라도 곡성 땅에선 이런 아름다운 노래가 다 나오는구나. 간난신고의 세월 끝에 '잘 살았다, 잘 견뎠다'고 나직이 읊조리는, 할머니들의 두 번째 '詩집살이'가 놀랍고 감동스럽다.

이영광_시인, 고려대 교수

할머니들이 부르는 삶의 노래

지난 겨울 저는 곡성 길작은도서관 김선자 관장님으로부터 추천사를 부탁 받았습니다. 받고 보니 아주 특별한 시집의 추천사였습니다. 바로 곡성 할머니들의 시집이었습니다.

> 남편이 죽으믄 땅에 묻고 / 자식이 죽으믄 가슴에
> 묻는다.
> ─ 「의미」 김막동

김막동 할머니의 시를 읽다가 가슴이 탁 막힙니다. 이것은 말로 지은 시가 아니라 인생으로 지은 시이기 때문입니다. 남편을 땅에 묻고 자식을 가슴에 묻은 사람만 쓸 수 있는 시이기 때문입니다.

어렸을 때 만들어 본 / 눈사람 / 크게 만들고 / 작게
만들고 / 숯뎅이로 껌정 박고 / 버선 씌워 모자 만
들고 / 손도 없고 발도 없어 / 도망도 못 가는 눈사
람 / 지천 듣고 시무룩 / 벌서는 눈사람.
　　　　　　—「눈사람」 김막동

　보통 어렸을 때 눈사람을 만든 기억은 행복합니다. 그
런데 지금 김막동 할머니의 눈사람은 행복하지 않습니
다. '숯뎅이로 껌정 박고, 버선 씌워 모자 만들고' 행복하
게 만들기 시작한 눈사람이 '손도 없고 발도 없어' 도망도
못 가고, '지천 듣고 시무룩 벌서는 눈사람'이 되었기 때
문입니다. 어릴 때 만든 눈사람이 어느새 자신이 되었기
때문입니다. 도망도 못 가고 벌서는 눈사람에 자신의 삶
을 투영시킬 수밖에 없는 김막동 할머니의 삶이 우리 할
머니들이 살아온 삶 같아서 눈물 납니다.

　눈이 사뿐사뿐 오네 / 시아버지 시어머니 어려와서

/ 사뿐사뿐 걸어오네.

— 「눈」 김점순

　김막동 할머니는 눈사람으로 제 마음을 울리더니, 김
점순 할머니는 바로 '눈' 한 글자로 저를 놀라게 합니다.
눈은 원래 '사뿐사뿐' 옵니다. 근데 그 눈이 모두 며느리
인 줄은 상상도 못 했습니다. 며느리 눈들이 '시아버지
시어머니 어려워서' 사뿐사뿐 오는 줄은 꿈에도 몰랐습
니다. 이제 저는 눈이 올 때마다 울 것입니다. 눈이 올 때
마다 이제 괜찮다고, 이제 다 괜찮다고 미친 사람처럼 중
얼거릴 것입니다.

　늙은께 뼈다구가 다 아픈지 / 한 발짝이라도 덜 걸
어올라고 / 왈칵 밤이 내려와 앉는갑다.

— 「산중의 밤」 도귀례

어릴 때는 밤이 오는 것이 반갑지 않습니다. 해가 지면

더 놀 수가 없기 때문입니다. 도귀례 할머니는 '왈칵 내려와 앉는' 밤이 반갑습니다. '늙은께 뼈다구가 다 아픈지 한 발짝이라도 덜 걸어올라고' 밤이 왔기 때문입니다. 오직 밤만이 할머니에게 이제 그만 쉬어도 된다고 말하는 것 같아서 가슴이 아픕니다.

> 젖 떨어진 동생에게 준 / 흰 밥이 / 어찌 맛나 보여
> 먹고 잡던지.
> ─「가난」박점례

　우리 할머니 할아버지 세대에게 닥친 전쟁과 가난과 시련은 너무나 혹독하고 참담합니다. 지금은 아무도 상상조차 할 수 없는 일이지요. 그런데 할머니 할아버지에게는 마음에 상처로 남아 있습니다. 박점례 할머니는 '젖 떨어진 동생에게 준 흰 밥이 어찌 맛나 보여 먹고 잡던지' 빼앗아 먹고 싶던 어린 마음을 놓지 못하고 사셨습니다.

애기 젖 먹여 놓고 / 오장 상한께 / 날마다 산으로
갔지 / 한 단 한 단 해 놓은 나뭇단이 / 설움만큼 높
게도 / 뒷담에 쭈르라니 쟁여졌지.
──「그대 이름은 바람」 안기임

　할머니들의 삶은 모두 대하드라마입니다. 시집살이도
고되지만 두 집 살림하는 '남편의 빈 자리'가 더 고됩니
다. 안기임 할머니는 '애기 젖 먹여 놓고' 집에 들어오지
않는 남편 때문에 '오장 상한께 날마다 산으로' 갔습니다.
그리고 '한 단 한 단 해 놓은 나뭇단이 설움만큼 높게도
뒷담에 쭈르라니' 쟁여집니다. 어떻게 해야 할머니들의
설움을 달랠 수 있을까요? 할머니들 손을 잡고 마음으로
나마 위로를 건네고 싶습니다. '할머니! 괜찮아요, 괜찮
아요, 이제 다 괜찮아요.'

인자 허리 아프고 / 몸이 아프고 / 몸이 마음대로
안된께 / 마음이 쎄하다 / 저 사람은 저렇게 빤듯이

/ 걸어가니 좋것다 / 나는 언제 저 사람처럼 / 잘 걸
어 갈끄나.
— 「좋겠다」 양양금

　꼬부랑 할머니가 반듯이 걸어가는 젊은이를 바라봅니
다. 양양금 할머니는 '인자 허리 아프고 몸이 아프고 몸
이 마음대로 안된께 마음이 쎄'합니다. 하지만 제 마음은
할머니가 '나는 언제 저 사람처럼 잘 걸어 갈끄나.'라고
하시는 바람에 '쎄'합니다. 다시 젊은 날로 돌아갈 수 없
다는 것을 할머니도 알고 저도 알기 때문입니다. 젊은 날
엔 젊음을 모르고 사랑할 땐 사랑이 뭔지 모르는 우리네
인생살이 때문에 마음이 '쎄'합니다.

　사박사박 / 장독에도 / 지붕에도 / 대나무에도 / 걸
어가는 내 머리 위에도 / 잘 살았다 / 잘 견뎠다 /
사박사박
— 「눈」 윤금순

윤금순 할머니의 '눈'은 '사박사박' 옵니다. '장독에도 지붕에도 대나무에도 걸어가는 내 머리 위에도' 사박사박 옵니다. 할머니의 귀에는 사박사박 하는 소리가 토닥 토닥 하는 소리로 들립니다. 윤금순 할머니의 눈앞에는 어린이 윤금순, 소녀 윤금순, 며느리 윤금순, 엄마 윤금순의 모습이 주마등처럼 스쳐갈 것입니다. 그리고 그 모든 윤금순에게 잘 살았다고, 잘 견뎠다고 다독여주는 윤금순 할머니의 모습이 눈물겹도록 아름답습니다.

> 뇌성이 때글때글해서 / 고양이만기로 / 가만히 앉
> 어 있었어 / 어찌나 무섭던지.
> ―「뇌성」조남순

천둥소리는 언제 들어도 무섭습니다. 조남순 할머니는 '고양이만기로 가만히 앉어 있었어'라고 합니다. 할머니는 고양이처럼 어린 시절을 떠올리셨을까요? 아니면 당신을 고양이처럼 애처롭게 여기신 걸까요? 아니면 '고양이

만기로 가만히 앉어' 있어야 했던 당신의 인생을 통째로
돌아보시는 걸까요? 부디 할머니를 공포로 몰아넣은 뇌
성이 포성이나 총성은 아니기를 기원합니다.

이날 평생 길쌈해서 / 적삼 하나 얻었더니 / 남을
줘 버렸네.
—「큰동서2」 최영자

전쟁도 견디고 가난도 견디고 엄한 시집살이도 견뎠는
데 시련은 그게 끝이 아닙니다. 이제는 동서 차례입니다.
물론 나쁜 시절만 있진 않았겠지요. 한 번씩 속을 뒤집어
놓는 그대 이름은 미운 동서입니다. 최영자 할머니 큰동
서 말입니다. 최영자 할머니가 '이날 평생 길쌈해서 적삼
하나 얻었더니 남을 줘 버린' 큰동서님! 그런 적 있지 말
입니다?

저는 요즘 매일 곡성 할머니들의 시집을 읽습니다. 시

집을 읽다가 할머니들의 시들이 너무도 눈이 부셔서 웁니다. 할머니들은 인생을 시로 쓰지 않고 시를 인생으로 지었습니다. 할머니들의 시에는 문학적 소양이나 화려한 기교 따위를 잊게 하는 진짜 감동이 있습니다.

맛깔스러운 사투리가 두근두근 심장을 두드립니다. 할머니들의 순수한 목소리가 스르르 심장 안으로 들어옵니다. 그리고 제 마음을 완전히 뒤흔들어 놓습니다. 할머니들의 진심 앞에서 제 마음은 속수무책입니다. 세상 모든 이에게 곡성 할머니들이 부르는 삶의 노래를 선물하고 싶습니다.

이루리_『까만 코다』『아빠와 함께 그림책 여행』 저자

시집살이 詩집살이

2016년 4월 15일 초판 1쇄 ‖ 2019년 4월 28일 초판 4쇄

기획 김선자

시 김막동, 김점순, 도귀례, 박점례, 안기임, 양양금, 윤금순, 조남순, 최영자

편집 이루리 ‖ 디자인 강해령 ‖ 마케팅 김민지

펴낸이 이순영 ‖ 펴낸곳 북극곰 ‖ 출판등록 2009년 6월 25일 (제 300-2009-73호)

주소 서울시 마포구 독막로 320 B106호 북극곰 ‖ 전화 02-359-5220 ‖ 팩스 02-359-5221

이메일 bookgoodcome@gmail.com ‖ 홈페이지 www.bookgoodcome.com

ISBN 979-11-86797-28-0 03810 ‖ 값 12,000원

© 길작은도서관

이 책의 국내외 출판 독점권은 도서출판 북극곰에 있습니다.

저작권법의 보호를 받는 저작물이므로 무단 전재와 무단 복제를 금합니다.

「이 도서의 국립중앙도서관 출판시도서목록(CIP)은 서지정보유통지원시스템 홈페이지 (http://seoji.nl.go.kr)와 국가자료공동목록시스템(http://www.nl.go.kr/kolisnet)에서 이용하실 수 있습니다. (CIP제어번호: CIP2016008440)」

품명 : 양장 도서 | 제조자명 : 도서출판 북극곰 | 제조국명 : 대한민국 | 사용연령 : 8세 이상
안전표시 : 주의! 책의 모서리가 날카로우니, 던지거나 떨어뜨려 다치지 않도록 주의하세요.